Le temps des tempêtes

Nicolas Sarkozy

lePetitLittéraire.fr

Analyse de l'œuvre

Par Gil Smits

Le temps des tempêtes

Nicolas Sarkozy

Rendez-vous sur lepetitlitteraire.fr et découvrez :

Plus de 1200 analyses
Claires et synthétiques
Téléchargeables en 30 secondes
À imprimer chez soi

LE TEMPS DES TEMPÊTES

RÉCIT DES PREMIÈRES ANNÉES DE QUINQUENNAT

- **Genre :** mémoires
- **Édition de référence :** *Le Temps des Tempêtes*, Paris, L'Observatoire, 2020, 528 p.
- **1re édition :** 2020
- **Thématiques :** France, Élysée, politique, diplomatie, témoignage.

Le Temps des Tempêtes raconte les deux premières années de présidence de Nicolas Sarkozy. L'ancien président raconte les difficultés liées à sa fonction, la formation de son gouvernement, son divorce et son second mariage avec la chanteuse Carla Bruni, ainsi que les grandes crises qui ont secoué le début de son quinquennat (notamment la crise économique de 2008). Avec de nombreuses anecdotes, il présente les coulisses de son action à l'international et dresse les portraits de différents leadeurs mondiaux. Son ouvrage fait suite à *Passions*, dans lequel il se livrait sur son parcours de vie, de son enfance jusqu'à l'élection présidentielle de 2007.

Rédigé en grande partie durant le confinement qui a suivi la pandémie de la COVID-19, cet ouvrage est également l'occasion pour Nicolas Sarkozy de régler ses comptes et de répondre aux violentes critiques qui ont suivi certains de ses choix politiques. Le livre de l'ancien président est un vrai succès littéraire et un des bestsellers de l'été 2020 avec près de 250 000 exemplaires vendus.

NICOLAS SARKOZY

PRÉSIDENT FRANÇAIS

- **Né le 28 janvier 1955 à Paris**
- **Quelques-unes de ses œuvres :**
  - *Libre* (2001), essai
  - *La France pour la vie* (2016), essai
  - *Passions* (2019), autobiographie

Né à Paris en 1955, Nicolas Sarkozy est un homme politique français. Diplômé en droit, il se lance dans une carrière d'avocat au barreau de Paris. Il adhère au mouvement gaulliste dès l'université. En 1983, il lance sa candidature à la mairie de Paris et l'emporte, faisant de lui l'un des plus jeunes maires de France. En 1988, il devient député à l'Assemblée nationale. Il entre au gouvernement en 1993 et exerce des fonctions ministérielles sous les présidences successives de François Mitterrand et Jacques Chirac. Il est élu président du parti UMP (Union pour un mouvement populaire) en 2004. Il quitte le gouvernement français en mars 2007 pour se consacrer à sa campagne présidentielle. Il est élu en mai de la même année, et devient donc le 23ᵉ président de la République française. Son mandat est marqué par de grandes crises internationales (crise économique, crise de la dette européenne, etc.). Il échoue à sa réélection en 2012 et siège pendant quelques mois au Conseil constitutionnel. En 2016, il quitte le parti UMP, renommé « Les Républicains ». Rattrapé par plusieurs scandales judiciaires, il se retire progressivement de la vie politique active.

RÉSUMÉ

Nicolas Sarkozy commence son récit en expliquant sa fascination pour les tempêtes, qui donnent en partie leur nom à l'ouvrage, avant de donner des détails sur les premières heures de son élection. Il revient avec émotion sur la traditionnelle descente des Champs-Élysées, un moment qui reste très présent dans son esprit. Sa première conférence de presse internationale est organisée très rapidement à Berlin, avec la chancelière Angela Merkel. Il explique toute l'importance qu'il voue à l'axe franco-allemand, un des moteurs de l'action européenne. Sarkozy s'étend longuement sur la personnalité de la chancelière, très différente de lui.

Il s'attaque à la formation de son gouvernement dès la seconde journée de son mandat. Sarkozy se veut en avance sur son temps et respecte la parité gouvernementale, avec la nomination de sept femmes à des ministères d'importance. Ses premiers vrais dossiers sont la mise en place du Grenelle de l'environnement et un traité simplifié européen. Sarkozy veut faire progresser les questions environnementales. Concernant ses projets européens, il a pour souhait de ratifier certaines dispositions de la constitution européenne dans un nouveau traité, qui transformerait l'architecture institutionnelle de l'UE. À la fin de son premier mois, il doit participer à la campagne législative pour le Parlement. Pour pouvoir avancer sur certains dossiers, son parti doit obtenir une majorité. Le président ne peut pas intervenir directement, mais doit trouver un juste milieu. Il souhaite cependant être un président « omniprésent » et surexposé. Alors qu'il est scruté de toute part par les médias, il donne quelques détails sur sa vie familiale et son mariage, qui se dégrade de plus en plus.

Lors de son premier sommet international, il s'évertue à tisser des liens avec les autres dirigeants mondiaux. C'est l'occasion pour lui de s'initier aux relations internationales. Gagner la confiance du président russe Vladimir Poutine est, pour lui, la chose la plus importante, car la Russie doit être un allié majeur de l'Europe. Malgré un accord sur le climat, Sarkozy sort relativement déçu de son premier sommet, en particulier à cause des discussions assommantes et du caractère trop formel de l'évènement. De retour en France, il voit avec satisfaction le succès de son parti aux élections législatives. Cependant, il doit faire face à la démission de son ministre de l'Écologie, Alain Juppé, battu dans sa circonscription. Une fois les élections législatives terminées, le président se remet à la tâche afin de convaincre l'Europe de la nécessité du traité simplifié. Son volontarisme commence alors à en exaspérer certains. Le président considère la signature du traité de Lisbonne en décembre 2007 comme son premier succès diplomatique.

L'agenda du président est chargé, oscillant entre le national et l'international. Il s'attache à résoudre plusieurs de ses promesses de campagne. Après avoir organisé les célébrations du 14 Juillet et proposé un candidat français pour la direction du Front Monétaire International, Sarkozy s'envole pour l'Afrique de l'Ouest et le Maghreb. Au Sénégal, son discours, centré sur la place de l'homme africain dans l'Histoire, ne prend pas la tournure espérée. Le président revient en détail sur la polémique qui a suivi. Le deuxième voyage, en Algérie, est tout aussi complexe, notamment à cause de sa relation alambiquée avec le président algérien Abdelaziz Bouteflika. De retour en France, Sarkozy met en place des comités pour préparer ses réformes, notamment celle de la Constitution. Au fur et à mesure des semaines et des mois, la réforme prend de l'ampleur et de la consistance. À l'approche du rendez-vous des cent jours, les sondages d'opinion sont positifs. Constater l'adhésion des Français à ses premières réformes est un réel motif de satisfaction pour Sarkozy. Le président s'attarde longuement sur la loi TEPA (travail, emploi et pouvoir d'achat) et celle sur l'autonomie des universités. Cette dernière est relativement mal reçue, et le président fait alors face à des violences et des piquets de grève.

L'automne 2007 est pesant pour Sarkozy. À la fin du mois de septembre, il se rend à New York pour l'Assemblée générale des Nations Unies afin d'y défendre sa politique internationale. Cependant, en octobre et en novembre, le président est dans les remous sur la scène nationale. Le gouvernement français doit faire face à des affrontements avec les syndicats et, sur le plan personnel, Sarkozy entame une procédure de divorce. Le président évoque également un problème de santé qu'il a tenu secret jusque maintenant : juste avant une visite d'État au Maroc, il a subi une intervention chirurgicale en urgence, car il souffrait d'un flegmon amygdalien très douloureux. Après un Conseil des ministres décentralisé en Corse à la fin du mois d'octobre, Nicolas Sarkozy s'envole pour la Russie. Lors d'un discours à l'université Bauman, le président français défend le partenariat franco-russe. Malgré des divergences évidentes sur certains points, Sarkozy quitte la Russie en étant convaincu de sa bonne collaboration avec Poutine. En novembre, après une halte mouvementée au Finistère, son voyage suivant l'emmène à Washington, où il effectue sa première visite officielle en tant que chef d'État. Il prononce un discours devant le Congrès américain, qui est exceptionnellement bien reçu. Il s'envole par la suite pour la Chine, afin d'y rencontrer le président Hu Jintao. Lors de son voyage, il tente de mettre en avant la question de l'environnement, chère à ses yeux. Il sort cependant plutôt frustré de la rencontre, trop formelle à son gout et qui n'a laissé aucune place à l'improvisation.

Il termine l'année sur une note plus joyeuse, notamment grâce à sa relation naissante avec Carla Bruni et à son entrevue positive avec le pape Benoit XVI. De retour en France, il s'attache à faire progresser sa réforme générale de l'État. Il profite aussi de la fin de l'année pour exercer son rôle de chef des Armées en se rendant à Kaboul, en Afghanistan, pour y rencontrer les militaires français qui participent à la Force internationale d'assistance à la Sécurité de l'OTAN.

On le comprend aisément, l'agenda présidentiel est chargé en actualité internationale. La vie d'un président de la République est marquée par les voyages, qui se succèdent à un rythme effréné. À ce sujet, l'année 2008 commence sur les chapeaux de roues. Après les traditionnelles cérémonies de vœux à l'Élysée, le président embarque pour des voyages d'État dans les pays du golfe Persique. Peu après, Sarkozy s'envole pour l'Inde, pour y construire une alliance stratégique et diplomatique. Il évoque également son mariage à l'Élysée, le 2 février. Il décrit l'évènement comme un moment familial merveilleux. Le premier test de Carla Bruni en tant que « première dame » a lieu peu après, lors d'une visite d'État au Royaume-Uni. La rencontre se déroule sans accroc, et ce malgré un protocole très minutieux. À postériori, Sarkozy se permet quelques considérations sur la politique britannique, berceau de la démocratie parlementaire, et évoque avec regret le récent Brexit, qu'il estime être un formidable gâchis pour l'Europe. Pour le président, ces voyages sont nécessaires, mais éreintants, ce qui peut jouer sur les nerfs. Alors que la situation se dégrade en France à l'approche des élections municipales, avec des sondages en baisse, Sarkozy fait face à de nombreuses critiques. Aux élections, les résultats ne sont pas bons, mais pas catastrophiques non plus. Les Français, après avoir donné les présidentielles à la droite, rééquilibrent la répartition des pouvoirs avec une victoire de la gauche aux municipales.

L'été 2008 s'avère riche en évènements. Au premier anniversaire de l'élection présidentielle, tous les observateurs éditorialisent le bilan de Sarkozy. Beaucoup sont balancés, ne le jugeant ni très bon, ni très mauvais. Au mois de juin, la situation économique est même au beau fixe, avec une baisse du chômage et une hausse du pouvoir d'achat. De plus, Sarkozy milite pour la présidence française du Conseil européen et pour le projet d'une Union pour la Méditerranée. Il s'engage pleinement dans ses activités européennes, tout en veillant à ne pas négliger les citoyens et l'identité française. À la fin du mois de juillet, le président voit avec satisfaction l'adoption de sa réforme constitutionnelle initiée en 2007. En aout, alors qu'il assiste à la cérémonie d'ouverture des Jeux olympiques de Pékin, il fait face à un autre évènement marquant de sa présidence européenne : l'invasion russe de la Géorgie. Après une entrevue musclée au Kremlin, il parvient à trouver un compromis pour une sortie de crise. Cette médiation marque un nouveau succès dans sa diplomatie européenne.

Nicolas Sarkozy accorde les dernières pages de son autobiographie à la crise économique de 2008. Après la chute de l'économie américaine, la France est touchée à son tour. Certaines firmes françaises importantes, comme Peugeot ou Renault, se retrouvent extrêmement fragilisées. Pour sortir de la crise, Sarkozy convoque une réunion de l'Eurogroupe et pousse le gouvernement français à faire adopter des lois pour maintenir les banques à flot. Alors qu'il participe à ce dispositif de réponse de crise en Europe et en France, il tente de rallier ses autres partenaires internationaux. Il s'envole pour les États-Unis et organise la première réunion du G20 de l'histoire, avec tous les chefs d'États et de gouvernements.

ÉCLAIRAGES

Comme de nombreux présidents avant lui, Nicolas Sarkozy rédige son autobiographie pour témoigner de ses choix politiques. Les autobiographies et mémoires présidentielles sont toujours de véritables succès de librairie, et confirment donc un phénomène d'édition. Les ventes combinées des deux tomes des mémoires de son prédécesseur Jacques Chirac (*Chaque pas doit être un but* et *Le Temps présidentiel*) dépassent les 500 000 exemplaires. Le succès de l'essai *Le Temps des Tempêtes* poursuit ainsi cette tendance.

Qu'on l'apprécie ou non, Nicolas Sarkozy ne laisse donc pas indifférent. Il veut être un président énergique et affirmé, en rupture avec ses prédécesseurs. Son défi – et son plus grand souhait –, c'est avant tout ramener la France au cœur de l'engagement européen. Il doit également accroitre l'esprit d'entreprise et moderniser la société française, tout en faisant face aux difficultés liées à la mondialisation. Succédant à Jacques Chirac à la tête de la République française, il est impatient, mais conscient des difficultés qui l'attendent. C'est un homme qui aime l'attention, et qui préfère se voir comme un président sincère, transparent et au contact de la foule plutôt que comme un président désincarné et infaillible. Son côté énergique, omniprésent et surmédiatisé en énerve certains, en particulier au sein du milieu médiatico-intellectuel. Il ne supporte pas d'être loin du débat public français, c'est pourquoi il entretient ce lien en publiant ses mémoires « à tiroirs », en commençant par son ascension vers l'Élysée (dans *Passions*), puis ses premiers pas présidentiels dans le présent ouvrage.

Dans *Le Temps des Tempêtes*, Nicolas Sarkozy revient sur les grands évènements qui ont jalonné les deux premières années de son quinquennat et évoque quelques anecdotes inconnues. Il veut justifier ses actions et que justice soit rendue à sa politique. Il n'hésite pas à détailler ses nombreuses visites d'État, à dresser le portrait de leaders mondiaux qu'il a côtoyé (Angela Merkel, Vladimir Poutine et Georges W. Bush notamment) et à égratigner certains hommes politiques français comme François Bayrou et Bernard Kouchner. Sa politique internationale est marquée par un interventionnisme prononcé. Plusieurs de ses promesses de campagne nécessitent cet interventionnisme, notamment la libération de certains otages. Il s'attarde longuement sur les cas d'Ingrid Betancourt, prisonnière des FARC (guérilléros colombiens) dans la jungle amazonienne, de Gilad Shalit, soldat franco-israélien prisonnier du Hamas palestinien, et des infirmières bulgares prisonnières en Libye. La libération de ces dernières nécessite un rapprochement avec le dictateur libyen, Mouammar Kadhafi, et mène à la signature de plusieurs contrats et à la « normalisation » des relations entre la Libye et l'Europe. Sarkozy aborde la venue de Mouammar Kadhafi à l'Élysée au début de son quinquennat, mais ne s'étend pas trop sur ses liens avec lui. L'ancien président est pourtant inculpé dans une affaire politicofinancière sur le financement libyen de la campagne présidentielle de 2007. Le deuxième tome de l'autobiographie présidentielle devrait également donner une explication sur l'intervention française lors de la guerre civile libyenne de 2011. Dans *Le Temps des Tempêtes*, Sarkozy aborde aussi les déclarations qui ont marqué le paysage politicomédiatique français, notamment son discours sur l'Afrique à Dakar le 26 juillet 2007. Ce discours a choqué de nombreuses personnalités, a été jugé raciste et a contribué à la dégradation de l'image de la France en Afrique. Avec le recul, Sarkozy reconnait être tombé dans un piège politique, mais regrette aussi que la phrase « Le drame de l'Afrique, c'est que l'homme africain n'est pas assez entré dans l'histoire » (Sarkozy, « Le discours de Dakar » [en ligne]) ait occulté l'entièreté du passage où il condamne la période des colonies et la traite négrière. Il revient aussi longuement sur la nécessité de garder la tête froide et sur la polémique du « Casse-toi, pauvre c... ! » lancé lors du Salon de l'Agriculture en février 2008 et qui a marqué les esprits. À postériori, il estime être tombé dans un piège grossier et qu'il n'aurait pas dû se mettre à la portée de son interlocuteur. Ces déclarations ont été utilisées par ses opposants politiques pour lui nuire, et Sarkozy n'hésite pas à critiquer la légèreté et le traitement de l'information par les médias. Il se présente fréquemment comme une victime. L'ouvrage se termine sur la crise économique de 2008, qui a commencé aux États-Unis. Après une succession d'évènements relativement modestes sur le plan économique, le coup de massue arrive à l'automne. Tous les marchés mondiaux sont connectés et, compte tenu du poids de l'économie américaine, la France risque d'être impactée en cas de chute de celle-ci. C'est ce qui arrive en septembre 2008. L'une des cinq plus grandes banques américaines, Lehman Brothers, se trouve soudain en cessation de paiement et fait faillite, déréglant ainsi la finance internationale et causant un krach boursier majeur. Sarkozy précise son rôle dans la création du G20 qui a suivi la crise, n'hésitant pas à se mettre au premier plan et à se considérer comme le principal créateur de l'évènement (alors que le G20 en tant que forum intergouvernemental existe depuis 1999). La lutte contre la crise économique va probablement inaugurer le deuxième tome de l'autobiographie présidentielle.

Nicolas Sarkozy débute son quinquennat avec une grande popularité et une opinion publique très positive, mais son image s'effrite suite à ses coups d'éclat liés à sa volonté d'être un président omniprésent et à son style jugé trop ostentatoire, trop « bling bling ». Après son mandat présidentiel et les campagnes électorales de 2012 et 2016, sa cote de popularité varie entre une hausse constante et un déclin très affirmé. Les sorties de ses différents essais littéraires, qui se classent parmi les meilleures ventes d'ouvrages, participent cependant à une hausse de sa popularité. Le succès de son autobiographie *Le Temps des Tempêtes* publiée en 2020 ne fait pas exception et montre combien sa cote de popularité reste importante, malgré les scandales. Lorsqu'il prend la décision de se retirer de la vie politique après l'élection manquée de 2016, il continue de réaffirmer son soutien à son parti, les Républicains. Il reste une des personnalités politiques les plus populaires auprès des sympathisants de la droite française. Cependant, au sein de l'électorat global, son image reste clivante. Ses récentes condamnations dans plusieurs affaires judiciaires risquent de nuire fortement à son image.

CLÉS DE LECTURE

La République est proclamée pour la première fois en France en 1792, après la Révolution. Depuis, le pays a connu de nombreux changements et des coups d'État qui ont modifié la structure politique du pays. La Ire République dure jusqu'en 1804, date à laquelle se succèdent l'Empire et la restauration de la monarchie. La IIe République dure de 1848 à 1852, jusqu'à la proclamation de Louis-Napoléon Bonaparte comme empereur lors d'un coup d'État. La IIIe République dure de 1870 à 1940, jusqu'à l'instauration du régime de Vichy de Philippe Pétain. En 1946, après la guerre et la libération de la France, la IVe République est instituée et tente de mettre en place la reconstruction et d'engager la France au sein de la Communauté européenne.

La Ve République

La Constitution actuellement en vigueur a été promulguée le 4 octobre 1958, et marque l'instauration de la Ve République. Les dernières années de la IVe République sont marquées par des problèmes majeurs liés à la décolonisation (notamment des soulèvements en Algérie). Le président de l'époque, René Coty, demande au général de Gaulle – en retrait de la vie politique depuis longtemps – de former un nouveau gouvernement. Après l'investiture de celui-ci, un comité est chargé de rédiger une nouvelle Constitution. Celle-ci devient la norme juridique suprême du pays et est conçue pour éviter l'instabilité gouvernementale et le risque de coup d'État. Lors de son élection en 2007, Nicolas Sarkozy devient le sixième président de la Vᵉ République française.

La séparation des pouvoirs

Outre des articles sur la souveraineté de la France et du peuple, la Constitution de la Vᵉ République consacre également la séparation des pouvoirs : les pouvoirs législatif, exécutif et judiciaire appartiennent désormais à des institutions différentes.

Le pouvoir législatif

Il appartient au Parlement, institution bicamérale constituée de l'Assemblée nationale et du Sénat. L'Assemblée nationale débat, amende et propose des lois, et contrôle l'action gouvernementale. Elle peut forcer le gouvernement à démissionner. Le nombre de députés varie depuis l'instauration de la Constitution de 1958, mais le plafond a été fixé à 577 en juillet 2008, lors de la réforme constitutionnelle initiée par Nicolas Sarkozy. Ses membres sont élus pour cinq ans au suffrage universel direct lors d'élections législatives dans les différentes circonscriptions françaises. Le Sénat partage le pouvoir législatif avec l'Assemblée nationale et représente les collectivités territoriales (régions, départements, communes, etc.). Il y a au maximum 348 sénateurs (nombre également fixé lors de la réforme de 2008), élus au suffrage indirect par un collège de grands électeurs (constitué majoritairement de conseillers municipaux et départementaux). Ils sont élus pour six ans, et le Sénat se renouvèle par moitié tous les trois ans.

Le pouvoir exécutif

Il est bicéphale, partagé entre le Président de la République et le chef du gouvernement, le Premier ministre. Le président exerce la plus haute et prestigieuse fonction du pouvoir exécutif français et est, depuis 1962, élu au suffrage universel direct par les citoyens. Le président incarne véritablement l'État, étant à la fois le garant de la Constitution, le chef des Armées et la première figure diplomatique du pays. Il dispose de pouvoirs propres : il nomme le Premier ministre et les autres membres du gouvernement, il peut soumettre certains projets de loi au référendum, peut mettre fin à l'Assemblée nationale, préside le Conseil des ministres et promulgue officiellement les lois adoptées par le Parlement. Le gouvernement français, mené par le Premier ministre, détermine quant à lui la conduite générale de la politique de la nation. Ses membres jouent un rôle à la fois administratif et politique. Chaque ministre exerce un pouvoir hiérarchique dans son département (Justice, Santé, Défense, etc.).

Le pouvoir judiciaire

Il appartient aux juridictions nationales françaises. Ces juridictions sont judiciaires ou administratives. Les juridictions judiciaires sont compétentes pour régler les disputes entre particuliers (tribunaux, cours d'assises, cours d'appel, etc.) et la Cour de cassation en est la plus élevée. Cette Cour est « juge du droit », ce qui veut dire qu'elle s'assure que la loi soit correctement appliquée. À l'inverse, les juridictions administratives traitent des litiges entre l'État et les particuliers (cour des comptes, tribunaux administratifs, cours administratives d'appel, etc.). Le Conseil d'État est l'organe le plus élevé. Il conseille le gouvernement en matière de droit et juge l'Administration française.

Il existe une troisième institution majeure : le Conseil constitutionnel. Celui-ci se trouve en dehors de l'ordre administratif et judiciaire, n'est au sommet d'aucune hiérarchie, mais ses décisions s'imposent aux pouvoirs publics et à toutes les autorités administratives et judiciaires. Son unique champ d'action est le contrôle de la Constitution. Il veille à la régularité des élections et à la conformité des lois. Il est composé de neuf membres, nommés pour neuf ans par le Président de la République et les présidents du Sénat et de l'Assemblée nationale.

Les acteurs de la vie politique : les partis

Depuis la naissance de la République, la classe politique française n'a cessé de se définir par rapport à un pôle « de gauche » et un pôle « de droite ». Cet affrontement est l'essence même de la diplomatie moderne et traduit une opposition entre valeurs conservatrices (respect des traditions, préservation de l'équilibre, etc.) et valeurs plus progressistes (lutte des classes, renouvèlement de la société, etc.). Au fil des années, différents groupes sont apparus, regroupés autour de leurs idées politiques : ce sont les partis. Ils font le lien entre les citoyens français et leurs représentants. Dans la première décennie du XXIe siècle, le monde politique français est dominé par deux grands partis : l'UMP, parti de droite libéral, démocrate et gaulliste (auquel appartient Nicolas Sarkozy), et le Parti socialiste, de centre gauche qui milite contre les inégalités sociales et pour l'interventionnisme de l'État. Il existe également d'autres partis, plutôt mineurs, qui se situent au centre du spectre gauche-droite (comme le parti écologiste, qui place la protection de l'environnement au cœur de son programme) ou d'autres qui se situent aux extrêmes (comme le Front National, parti eurosceptique de droite aux idées nationalistes).

L'IMPORTANCE DE LA DIPLOMATIE

Dans son autobiographie, Nicolas Sarkozy fait la part belle à ses nombreuses visites d'État et ses rencontres avec les dirigeants mondiaux lors de divers sommets. Ces évènements sont vitaux pour le rayonnement de la France sur la scène internationale et diplomatique. Les objectifs de la diplomatie sont aussi divergents que les objectifs politiques des différents États qui entretiennent des relations les uns avec les autres. Heureusement, de nombreuses nations partagent des objectifs communs. Depuis des siècles, ces États essayent d'améliorer leurs rapports internationaux. Le traité de Vienne en 1815 a mis en place les règles coutumières de la diplomatie et de la représentation diplomatique, notamment avec l'existence d'un corps de métier bien défini : les diplomates.

La majorité des gouvernements d'aujourd'hui sont intéressés par les questions sécuritaires et la prospérité économique, ce qui commence notamment par la préservation de la paix mondiale. Plusieurs facteurs tendent à une collaboration étroite entre les pays et l'harmonisation de leurs objectifs. Les grandes guerres mondiales ont remis en question l'utilité des conflits et l'apparition des armes nucléaires a souligné la futilité de la guerre. Le développement économique de certaines régions d'Asie, d'Afrique et d'Amérique du Sud a permis l'émergence sur la scène diplomatique de plusieurs pays qui n'ont pas eu leur mot à dire durant des siècles et qui étaient alors d'importants points de discorde et de rivalités entre nations européennes. De plus, la décolonisation dans les années 1960 a transformé certaines colonies en pays autonomes réclamant eux aussi leur place dans les affaires internationales (c'est notamment le cas de l'Algérie pour la France). Les changements qu'a connus le monde depuis la fin des guerres mondiales ont donc mis l'accent sur un objectif de paix et sur l'utilisation de la négociation et de la conciliation en cas de conflit. Pour ce faire, plusieurs mécanismes diplomatiques ont été instaurés, notamment via la création d'institutions internationales parmi lesquelles les Nations Unies – qui visent à maintenir la paix et à régler des conflits par la conciliation –, l'OTAN – un organisme de défense collective – ou encore l'Union européenne, principalement à vocation économique. L'idée de ces institutions reste fondamentalement la même : prévenir la catastrophe d'un autre conflit armé. La diplomatie est donc l'art de gérer les relations internationales et vise à servir la paix. C'est une action de premier ordre, à la fois en tant que représentatrice du pouvoir politique que négociatrice. Elle exclut le recours direct à la force, c'est pourquoi, lorsqu'un État déclare la guerre à un autre, les relations diplomatiques sont coupées.

Selon l'article 5 de la Constitution de la Ve République, le Président français incarne l'autorité de l'État et, vis-à-vis de la situation extérieure, garantit l'indépendance du pays, l'intégrité du territoire et le respect des traités internationaux. Il représente donc véritablement le premier « diplomate » du pays. Il possède un rôle éminent en matière diplomatique, car il négocie et ratifie les traités et choisit les ambassadeurs. Il conduit la délégation française dans toutes les rencontres européennes et internationales d'importance.

LES GRANDS PROJETS DE POLITIQUE EXTÉRIEURE DE NICOLAS SARKOZY

L'élection de Nicolas Sarkozy est centrée sur l'idée de « rupture », en particulier par rapport aux mandats de ses prédécesseurs, et sur le renouvèlement des positions de la France en matière de politique extérieure. Par son volontarisme et son énergie, Sarkozy est parvenu à donner une impulsion majeure à la mobilisation de l'Union européenne et de la communauté internationale. Lors de son discours le soir de sa victoire, il lance quatre appels à l'international : un à destination de l'allié américain, un à destination des Africains (l'autobiographie évoque justement les premiers pas maladroits du nouveau président), un à destination des peuples de la Méditerranée et finalement, un à ceux qui sont persécutés par les tyrannies et les dictatures.

Les actions internationales de Nicolas Sarkozy lors des premières années de son quinquennat se divisent en plusieurs grands axes. Sa politique extérieure peut être créditée de sa part de succès, mais aussi d'un certain nombre d'échecs.

La politique européenne du président fait partie des succès. Il parvient à tisser des liens durables avec la chancelière allemande Angela Merkel et à faire voter le Traité de Lisbonne. Après l'échec du TECE (Traité établissant une constitution pour l'Europe), qui n'est jamais entré en vigueur suite au « non » des référendums français et néerlandais en 2005, Sarkozy milite pour un traité simplifié afin de sortir du blocage institutionnel. Ce nouveau traité, qui encadre le fonctionnement de l'Union européenne, adapte en profondeur les règles des traités antérieurs pour parvenir à une meilleure coordination des États membres de l'Union, notamment en dépoussiérant le rôle des institutions, en simplifiant le processus de décision et en raffermissant la représentation extérieure et juridique de l'Europe. En 2008, le président Sarkozy se montre très réactif et solidaire face à deux crises majeures : l'invasion russe de la Géorgie et la crise financière mondiale. Malgré de sévères critiques envers la Banque centrale européenne, il n'hésite pas à travailler avec elle et avec ses partenaires de l'Eurogroupe pour tenter de neutraliser les dommages les plus graves (en particulier les économies de la Grèce et de l'Irlande, sévèrement touchées). Il se montre le plus souvent à l'aise et efficace dans les situations de crise.

Les échecs internationaux de Sarkozy concernent plutôt ses politiques structurelles à long terme. Il échoue à tisser des liens majeurs avec les pays du sud de la Méditerranée. Ses tentatives d'ouverture du début de son quinquennat s'inscrivent dans un plus vaste projet : l'Union pour la Méditerranée, qui a pour but de rapprocher les pays du nord et du sud de la Méditerranée et de renforcer l'ancien partenariat euro-méditerranéen mis en place en 2005 (le Processus de Barcelone). Pour lui, c'est au sein de cette mer intérieure que l'Europe gagnera sa sécurité et sa prospérité. L'entreprise est initialement vue comme positive dans certains pays concernés, mais jette un froid dans la plupart des sociétés européennes, en particulier à cause du manque de démocraties au sud de la Méditerranée. Le président français devient le premier coprésident de l'UpM (au côté du président égyptien Mohammed Hosni Moubarak). Cependant, il ne parvient pas à maintenir une opposition constante avec les sociétés dictatoriales de Tunisie, d'Algérie et de Libye. Sarkozy se heurte également à l'intransigeance du président Benjamin Netanyahou sur le processus de paix entre Israël et les territoires palestiniens, malgré sa volonté de renouveler l'amitié entre la France et Israël. L'opposition virulente de la Turquie, pays méditerranéen, mais pas européen, cause elle aussi du tort au projet. Sa politique africaine globale est également jugée négativement, car il peine à y faire valoir son action en faveur des droits de l'homme.

Ces actions dans le domaine de la diplomatie multilatérale sont plus mitigées. Durant toute sa campagne, Sarkozy exalte les valeurs américaines de l'effort et de la réussite individuelle. Il promet une plus grande solidarité et un retour de la France sur la scène internationale, notamment dans l'organisation militaire de l'OTAN. À postériori, on peut dire que la France a effectivement retiré des bénéfices, mais n'a pas toujours réussi à s'imposer, se contentant finalement de responsabilités limitées.

L'ACTIVISME ÉNERGÉTIQUE ET LE GRENELLE DE L'ENVIRONNEMENT

C'est seulement à partir de 2007 que l'impératif écologique s'est véritablement déployé dans les sphères politiques publiques. En 2006, Nicolas Hulot met en place une proposition de Pacte écologique centré sur le concept de développement durable. Cette action vise à mobiliser les citoyens et à ouvrir le débat public sur des propositions concrètes pour la sauvegarde de l'environnement. Ce Pacte écologique pose les bases d'un programme d'action à appliquer par le futur président dès le début du mandat. Les principaux candidats à la présidence de 2007 (dont Nicolas Sarkozy) signent le pacte.

Après son élection, Nicolas Sarkozy s'engage à respecter son engagement. Il procède à la fusion du ministère de l'Écologie et du ministère des Transports en un seul et unique grand ministère : celui de l'Écologie, de l'Énergie, du Développement durable et de la Mer. Le nouveau ministre, Alain Juppé, annonce le Grenelle de l'Environnement le 18 mai 2007. Pour le président Sarkozy, « une alternative à une écologie gauchiste et boboïsante (doit) absolument émerger » (p. 43) et il voit ce forum comme une véritable plateforme d'action et non pas comme un simple colloque. Lors du Grenelle, des débats sont organisés entre des groupes de travail rassemblant des ONG, des sociétés, des collectivités locales et l'État français. Le rapport de synthèse de ces débats reprend les bases d'une stratégie durable fondée sur la préservation de la biodiversité, la réduction des pollutions et la lutte contre le réchauffement climatique.

Sarkozy veut faire sienne une révolution écologique et présente la France comme le fer de lance de celle-ci. Dans son discours à la fin du Grenelle, il ouvre la porte aux organisations environnementales et propose d'arbitrer les grands projets publics vis-à-vis de leur cout sur l'environnement et sur la biodiversité. Il s'engage à pousser la France sur la voie des énergies renouvelables tout en conservant le programme national nucléaire lancé en 1974.

Même si le président se congratule du bon déroulement de ce forum et se présente comme un défenseur de l'environnement, il n'évoque pratiquement plus ses politiques énergétiques dans la suite de son autobiographie. Cela est probablement dû à l'importance qu'il voue à ses sommets internationaux et à sa lutte contre la crise économique, qui camouflent malheureusement les débats sur les problèmes environnementaux, ainsi qu'à l'échec assumé du Grenelle sur le long terme. Alors que les responsables du sommet étaient à l'époque très élogieux sur les mesures annoncées, il parait juste d'évoquer le bilan plutôt négatif de celui-ci plus de dix ans plus tard. La promotion d'une agriculture plus biologique a peu progressé, le pourcentage d'énergies renouvelables dans la consommation française n'atteint pas les objectifs proposés à l'époque (19,1 % en 2020 alors que l'objectif fixé était de 23 %) et la plupart des partenaires écologistes de l'époque ont claqué la porte, dénonçant l'attitude du gouvernement qui, selon eux, considère les problèmes environnementaux comme une simple variable politique.

PISTES DE RÉFLEXION

QUELQUES QUESTIONS POUR APPROFONDIR SA RÉFLEXION...

- Expliquez le titre du roman : *Le Temps des Tempêtes*. À quoi fait-il allusion ?

- Quelles sont les oppositions majeures de Sarkozy à l'entrée de la Turquie dans l'UE ? Développez et donnez votre avis.

- Sarkozy se montre très critique envers de nombreux politiciens français. D'après vous, est-ce que ce livre est un réquisitoire contre ses ennemis politiques ? Développez.

- Comment Sarkozy estime-t-il avoir gagné la confiance du président russe Vladimir Poutine ?

- Sarkozy prône la fin de la « Françafrique ». Pourquoi a-t-il choisi Dakar pour y faire son discours en juillet 2007 ?

- Quelles sont les idées majeures de la réforme constitutionnelle défendue par Nicolas Sarkozy ? Développez.

- L'Islam est la deuxième religion en France. Quel est l'avis du président sur son intégration dans la République française ? Développez.

- Pourquoi la Corse, si chère aux yeux de Nicolas Sarkozy, est-elle victime de revendications indépendantistes ?

- Les relations sont ambigües entre le président français et les médias. Selon vous, sont-ils des vecteurs de polémique majeurs ? Développez.

POUR ALLER PLUS LOIN

ÉDITION DE RÉFÉRENCE

- SARKOZY N., *Le Temps des Tempêtes*, Paris, L'Observatoire, 2020.

ÉTUDES DE RÉFÉRENCE

- « Ce que contient "Le Temps des tempêtes", le nouveau livre de Nicolas Sarkozy », in *France Info.fr*, consulté le 18/10/2021. URL : https://www.francetvinfo.fr/politique/nicolas-sarkozy/ce-que-contient-le-temps-des-tempetes-le-nouveau-livre-de-nicolas-sarkozy-qui-revient-sur-les-debuts-de-son-quinquennat _ 4054669.html.

SOURCES COMPLÉMENTAIRES

- RATKA E., « La politique méditerranéenne de Nicolas Sarkozy : une vision française de la civilisation et du leadership », in *L'Europe en formation*, n° 356, 2010, consulté le 20/10/2021. URL : https://www.cairn.info/revue-l-europe-en-formation-2010-2-page-35.htm.

- « Le traité de Lisbonne », in *Tout e l'Europe.eu – Comprendre l'Europe*, consulté le 20/10/2021. URL : https://www.touteleurope.eu/fonctionnement-de-l-ue/le-traite-de-lisbonne/.

- « Présentation synthétique des institutions françaises », in *Assemblée-nationale.fr*, consulté le 19/10/2021. URL : https://www2.assemblee-nationale.fr/decouvrir-l-assemblee/role-et-pouvoirs-de-l-assemblee-nationale/les-institutions-francaises-generalites/presentation-synthetique-des-institutions-francaises.

- Sᴀʀᴋᴏᴢʏ N., « Le discours de Dakar », in *LeMonde.fr*, consulté le 03/11/2021. URL : https://www.lemonde.fr/afrique/article/2007/11/09/le-discours-de-dakar_976786_3212.html.

lePetitLittéraire.fr

- un résumé complet de l'intrigue ;
- une étude des personnages principaux ;
- une analyse des thématiques principales ;
- une dizaine de pistes de réflexion.

**Retrouvez
notre offre complète sur**
lePetitLittéraire.fr

www.lepetitlitteraire.fr

ISBN version numérique : 9782808024396
ISBN version papier : 9782808024402
Dépôt légal : D/2021/12603/59

Conception numérique : Primento,
le partenaire numérique des éditeurs.